魔法森林
大件事 ①

陳美娟 著　　蕭邦仲 圖

新雅文化事業有限公司
www.sunya.com.hk

魔法森林大件事①

作　　者：陳美娟

繪　　圖：蕭邦仲

責任編輯：胡頌茵

美術設計：李成宇

出　　版：新雅文化事業有限公司

　　　　　香港英皇道 499 號北角工業大廈 18 樓

　　　　　電話：（852）2138 7998

　　　　　傳真：（852）2597 4003

　　　　　網址：http://www.sunya.com.hk

　　　　　電郵：marketing@sunya.com.hk

發　　行：香港聯合書刊物流有限公司

　　　　　香港荃灣德士古道 220-248 號荃灣工業中心 16 樓

　　　　　電話：（852）2150 2100

　　　　　傳真：（852）2407 3062

　　　　　電郵：info@suplogistics.com.hk

印　　刷：中華商務彩色印刷有限公司

　　　　　香港新界大埔汀麗路 36 號

版　　次：二〇一九年六月初版

　　　　　二〇二三年七月第二次印刷

ISBN：978-962-08-7330-0

目錄

白雪公主前傳：好得無比

灰姑娘後傳：呈獻祝福

魔法森林大件事

　　小時候，總愛發白日夢，夢想在森林裏遇上不可思議的小精靈、小仙子，看看他們到底是說什麼語言；個子是否像童話書中一樣小巧，會發光又會飛的呢？

　　長大後，這些充滿好奇古怪的白日夢，不知不覺間亦隨年月漸漸消失，杳無蹤影。幸好一直從事小學教育的我，尚可保存着貼近童真的機會，幸福地每天和孩子一起找樂趣。

　　為了籌辦學校的周年慶祝活動，我分別創作了廿周年的 The Best of the Best（好得無比）和廿五周年的 The Blessings（呈獻祝福）兩齣英語音樂劇。由於那是給小孩子演繹的劇目，所以故事場景設定在一個美麗而神秘的魔法森林內。就是這樣，我借機重拾了兒時的白日夢，展開一趟魔法森林的神奇之旅。

　　這兩齣音樂劇不單成功地發掘出師生的才華，學校上下還發揮了令人震撼的團隊精神，在大家的成長路途上留下珍貴的學習體驗和回憶。在各方的鼓勵下，好的故事要繼續分享下去，於是便由英語劇本改編成這本橋樑書。

　　魔法森林內的仙子——風、花、露珠、石、草、鳥，各有特色，分別代表不同性格的個體，一起生活，

互相補足，就像現實世界的縮影。在他們中間發生的故事，也反映着我們生活中的情境，對照起來，別具意義。當中似曾相識的對話與情節，也許就是我們的寫照，可以引起一些體會與共鳴。

此外，這兩個故事亦刻意借用兩個經典的童話故事，寫成「前傳」及「後傳」，添上一些「噢！原來如此！」的意外驚喜。同時，也鼓勵讀者多發揮創意，擴充想像空間，在轉折布局中鋪設另一層次的故事軌跡。

我希望能透過這兩個魔法森林的故事，帶出人與人之間相處的道理，探討重要的人生價值觀，讀者如能慢慢細嚼箇中隱喻，從童話體現現實的情理，相信也能尋獲一些滋味。

我要衷心感謝為這書寫序言的兩位友好嘉賓，他們都是城中超忙的教育熱心人：羅乃萱女士的義不容辭和鍾志平博士的慷慨厚愛，實在令我感動不已。

還要感謝和我一起並肩為孩子默默付出的團隊，因為你們，孩子才有機會在台上台下發光發熱，把不可能的變成可能。

感謝天父的保守和祂豐富的恩典，讓我擁有一個給我無限支持的家庭和身邊一大羣如天使般的好友，生命就是好得無比，充滿祝福！

陳美娟博士

序一

同路童心

你的生命中，曾否出現一個人，在初次見面，第一眼印象就有一種惺惺相惜的感覺。只是彼此都忙，連相約見面的時間都沒有，但卻在不同會議或場合中，一而再，再而三地遇見。到一個地步，甚至去一個聚會前，心中竟有一個預感：這趟，會見到她嗎？

怎知，就這樣恰巧地重逢，甚至帶着驚喜地遇見。

我相信，這就是「臭味相投」，也是志同道合，更是不折不扣的物以類聚。哈哈！

在我生命中出現的這位朋友，就是 Sylvia，陳美娟校長。而在人生歷程之中，能碰上這樣一位不用多講，二話不說就拔刀相助的朋友不多。Sylvia，絕對是其中一位「俠女」。

所以當收到她的邀請，希望能為她的大作寫序，我是義不容辭的。

收到書稿一看，原來是兩齣童話音樂劇的故事文本。早上我身在悉尼，一口氣就將文本讀畢。要強調「一口氣」，因為被故事的情節吸引着。滿以為只是小孩讀的故事，但當中的人物情節，魔法森林中各仙子被權力慾的操控，還有人類世界中的父王母后跟公主之間親子的張力，還有主角們那些似曾相識的對話，

10

絕對可以對號入座，並與我們的心靈對話。

記得多年前讀過一本書，說我們要學的東西在幼稚園早就學了。讀過陳校長的書，我會說：現在我們成人世界面對的衝突與鬥爭，在森林的各物之中早也存在，他們在結局得到的信息：信望愛，也正正是處身喧鬧中的我們所需要的。

就讓我們帶着童心與童真來讀此書，也帶着反省與反思將箇中道理與孩子分享，並在生活中實踐。

My dear friend Sylvia，這位說故事與創意洋溢的高手，為你歡呼感恩啊！更盼望每一個讀此書的你，能在當中找到久違的真善美。

羅乃萱 BBS, MH, JP
銅紫荊星章、太平紳士
家庭發展基金總幹事

序二

　　我與陳美娟校長於五、六年前在活動上認識，當時就覺得陳校長對教學充滿熱誠和熱情，對工作滿有抱負，對學生們又愛護有加，循循善誘，很具啟發性。

　　去年，我很榮幸獲邀觀賞了由陳校長策劃創作的全英語慈善音樂劇 *The Blessings*（呈獻祝福），她包辦了劇中所有曲詞創作，可見陳校長多才多藝。她一方面希望透過音樂提升同學們的英語能力，小朋友們也不負所望，表現得相當精彩；另一方面，她希望藉着故事內容宣揚品德教育，帶出正面信息，鼓勵學生活出積極而充滿喜樂的人生。

　　今次陳校長再度出擊，將之前兩套自創英語音樂劇 *The Best of the Best*（好得無比）和 *The Blessings*（呈獻祝福）的故事結合為一，並翻譯成中文，出版這本圖書。她引用了兩個家傳戶曉的童話故事《白雪公主》和《灰姑娘》，讓讀者看得更加投入。

　　故事以魔法森林作為背景，雖簡單但有趣，並帶出了很多基本顯淺但經常被遺忘忽略的人生道理，例如權力慾和好勝心會帶來禍害、團結就是力量、口舌招搖、三思而後行等，而最重要就是帶出了陳校長一

直宣揚的「信、望、愛」精神。故事老幼皆宜，極具教育意義。

　　我在此衷心祝賀陳校長。她做事充滿幹勁，加上極具創意的教學模式和對社會的承擔，我深信，作為新一代的教育者，她定能透過不同的創作，將人性的善與美，以及「信、望、愛」精神傳揚下去。

鍾志平博士 GBS, BBS, JP
鵬程慈善基金創辦人及主席
職業訓練局主席

白雪公主前傳

好得無比

第一章　奇幻的魔法森林

　　很久、很久、很久以前，在一個了無人跡的偏遠地方，有一個奇幻又神秘的魔法森林，大樹的葉子綠得發濃，花草奇特別緻，互相映襯，美得難以刻畫，再配以清溪流水的輕輕和奏，實在是一片和諧樂土。

　　魔法森林內住着一班小仙子，整天都發出嘻嘻哈哈的歡笑聲，幸福至極。

　　這裏的仙子有好幾種呢，分別是：晶瑩剔透、意態優雅、銀光閃閃的露珠仙子；色彩繽紛、香氣四溢、婀娜多姿的花仙子；能屈能伸、柔韌靈巧、青翠爽朗的草仙子；英偉瀟灑、無拘無束、快樂自在的風仙子，

和健碩穩重、沉靜直率、分量十足的石仙子。除了仙子，還有一羣愛唱愛跳、吱喳不停的羅賓鳥，他們令整個魔法森林添上繽紛的色彩和悅耳的樂韻，每天都用寫意的旋律為仙子們伴奏。

最近，魔法森林上下好不熱鬧，歌舞聲不絕於耳，這種鬧哄哄的場面叫羅賓鳥也興奮萬分，一同拍翼歡呼和應。色彩豔麗的羽毛把濃密的綠林舞動起來！

第二章　森林裏的世紀嘉年華

　　魔法森林四處茂密，但在正中央卻有一片綠草地，旁邊還有一道淙淙流動的清溪。這天，草地上正舉行一場盛大的慶典——世紀嘉年華，所有仙子一同聚集，慶祝露珠女王統治一百周年！仙子們爭相使出

渾身解數，載歌載舞，以最動人的姿態巡
遊表演，讚譽露珠女王的英明領導，帶來
百年昇平的幸福歲月！為本來已經充滿歡
愉聲的森林，倍添熱熾氣氛，加上能一次
過見識魔法森林裏所有的仙子，絕對是盛
事中的盛事，大家都不想錯過。

　　首先出場的是露珠女王的心腹──露娜

仙子。露娜仙子嬌俏可人，善解人意，是女王最喜愛的小仙子。她領導一眾露珠小仙，以滴滴舞碎碎踏步進場。露珠小仙頭上都頂着一道水簾。晶瑩剔透，映襯着她們一身淡藍而略帶閃閃銀光的輕紗，一顰一笑都是那麼的優美悅目！

　　緊接下來的，是香氣撲面、高雅艷麗的花后。她領着七彩繽紛的小花仙溫婉曼妙地旋轉，每一個轉動都散發出不同的花香，清幽迷人，甜美至極。一時間，所有

在場的仙子幾乎都被花香薰醉了。

正當花仙的香氣隨着花瓣兒在森林的每一角落徐徐飄送，強壯黝黑的石漢率領他的兄弟石俊和一輩小石仙步履如雷，迎着雄壯的節拍前來助慶。雖然石仙子身形笨重，但舞步節奏整齊，別樹一格，展現出一股震撼的力量。仙子們看見他們，精神為之一振，不期然地隨着他們搖滾，就連羅賓鳥的翅膀也被震盪得像波浪般起起伏伏，場面壯觀而有趣。

　　石仙子轟隆轟隆的踏步走過之後，輪
到身手不凡的草仙子，一個接一個在空中
翻騰跳躍出場。青蔥俊美的靈草大哥彈力
十足，隨後的草仙們也不甘示弱，彈、跳、
屈、翻，輕快活潑地耍出他們的看家本領，
頓時全場草花四濺，眾仙先是目瞪口呆，

然後歡呼四起，欲罷不能！這個時候，英
俊非凡的瀟風和他的風仙子悄然席捲仙羣，
送來一縷清風，更把大家嘹亮的歌聲傳遍
整個魔法森林，好像把音符捲上了半空，
搖曳跌宕，煞是神奇。

第三章　巡遊要繼續下去

「女王萬歲，女王恩澤遍地，延綿千里！」仙子的巡遊隊伍，沿途徐疾有致地齊聲謳歌唱頌。露珠仙、花仙、石仙、草仙和風仙，一一向露珠女王膜拜，唱頌她百年管治的豐功偉績，又盛讚她的美貌與智慧，並數算她為整個魔法森林帶來的幸福日子。

在這片歡呼和讚美聲中，露珠女王樂透了。「實在太好了！在我這一百年的統治下，大家經歷前所未有的繁榮與和諧，為魔法森林寫下光輝的一頁！好！好！好！就讓這世紀慶典的歌舞巡遊繼續下去。預祝森林的歡樂氣氛代代無窮，大家盡情享受吧！」說罷，露娜示意眾仙子緊隨女王出發，歌聲妙韻此起彼落。

這時，花后刻意放慢腳步，悄悄地落在巡遊隊伍的後面，與各仙首領交換了眼色，並暗暗歎息：「繼續？巡遊？」

原來大家都覺得這是近百年來最勞累的日子，女王還頒令巡遊表演無限期持續，直至另行通告！

花后面色發沉，滿臉不高興：「單是為了這次巡遊，我已經累透！日以繼夜的排練，還以為過了今天便可以告終，誰知竟要無止境地延續？早知如此……」

話還沒說完，走在前面的仙子又來催促，以免隊形鬆散，影響整體表現。各仙不禁搖頭表示無奈，儘管有多疲憊不堪，有多不情不願，還是要跟大夥兒繼續——巡遊！

第四章　好友重逢

　　經過一整天的慶祝，晚上眾仙子各自返回自己的住處稍作休息，魔法森林瞬間靜謐無聲。唯獨忠心勤勞的露娜，仍在忙於打掃和滋潤叢林，為明早的巡遊作好準備。突然間，石俊在她面前出現。

　　石俊探過頭來，微笑着說：「露娜，這麼巧，竟然在這兒碰上你。」在毫無心理準備下，露娜一時間不知如何應對。

原來，很久以前，她和石俊是一對好朋友，甚是投契，但在上個世紀當露珠女王成功當選為羣仙的領袖之後，她不喜歡露娜與其他仙子有太多往來，露娜只好與石俊疏遠，於是友情便大不如前。

　　石俊簡簡單單的一句話，打開了話匣子。露娜想了想，禮貌地說：「對，我們好像很久沒見面了。」

　　難得露娜肯回應，石俊乘勢跟這位老朋友多談兩句，希望藉此修補彼此的關係。「我們以前最喜歡在這兒談天說地，你總

是邊說笑，邊用雙手把弄小露珠，然後任由小露珠滴到手中、腳上。」

聽到石俊眉飛色舞地描述那久違了的情景，露娜也沒那麼拘謹，她點着頭，發出會心微笑，大家彷彿走進時光隧道，開始細說當年往事。

言談間大家都覺得那種好朋友的感覺仍然很實在。石俊滿心歡喜，表達重拾昔日情誼的盼望和誠意，說說笑笑之際，話題

開始觸及女王近況。石俊對女王的統治能力甚表認同，露娜卻愁眉深鎖，憂心忡忡。

「我看最近女王異常不安，經常鬧情緒……」

石俊好奇地問：「真的嗎？我還以為她會因為今天的世紀慶典，心情大好呢。」

眼見露娜愁眉不展，他想了一想，再追問：「難道是因為即將進行的選舉？」

石俊這麼一問，露娜發覺自己的話可能說多了，萬一給女王知道就不得了，便馬上住口，並堅決阻止石俊追問。

石俊沒有察覺，繼續旁敲側擊，於是

露娜立即動身離去。縱使石俊再三挽留，露娜仍是頭也不回。眼見一段友誼快將復和卻又頓然終止，石俊帶着不解，沒精打采地回去準備明天的巡遊。

第五章 花后大吐苦水

為了遵從露珠女王的詔命，一眾仙子都在加緊練習，希望能盡善盡美。正當大家忙於排練時，花后不慎跌倒，眾仙子立刻上前扶起她，並送上慰問。花后強顏保持儀態，整理一下自己的花冠和花瓣兒，滿不高興地説：「不練了！我累死了！這些巡遊真折騰！」

花后繼續嚷：「你們知道嘛，保持美麗狀態的最佳秘訣就是有充足睡眠。看！大家最近都失色了。」小花仙互相對望，異口同聲表示贊同。

花后再也按捺不住心裏壓抑已久的感受，大聲宣告：「老實説，我一點也

不喜歡每天喊叫什麼『露珠女王萬歲，女王領導有方』，我根本不覺得她有多好，每天被迫重複地講這些恭維說話，真受不了。」

聽到花后這番毫不忌諱的剖白，霎時間，大家都用詫異的目光看着她。花后懶理其他仙子怎麼想，只覺得不吐不快，「我相信，如果讓我來統治魔法森林，一定會比現在更好！」

小花仙們連忙附和：「豈止更好？一定是最好！」

得到小花仙們擁戴，花后終於開懷了，得意洋洋地說：「若由我來管理，魔法森林必定有更多豔麗的色彩，花香處處，叫大家難以置信。」

瀟風趕緊搭訕：「我絕對樂意為你效勞，把花后迷人的花香吹送到森林每個角落！」

　　這樣一句及時語，花后更加樂透，含羞答答地看着瀟風，說：「眾仙之中，你總是最體貼和善解人意。」

第六章　誰做領袖最好

　　真不愧自命為瀟灑快樂的瀟風。不消一刻，花后剛才一股腦兒的不滿已被他吹得無影無蹤。接着，大家的話題開始環繞那百年一度的選舉。花后已開腔表明她參選的決心，大家也深信她會獲得所有小花仙的支持，於是，花后理所當然地擺出一副非她莫屬的姿態，展示一下實力。

　　她一邊踱步，一邊散發獨特甜美的花香，來回穿梭於眾仙之間，神態自若又略帶一份高傲的氣派，盡情流露自己那種風範和氣質，希望得到更多仙子的支持。

　　接着，大家開始就這個選舉話題，各自表達自己的見解，你一言，我一語的。靈草突然朗聲表示，瀟風也滿有條件參選，

願意推選他成為下世紀的領袖。

　　瀟風聽到靈草對自己的推崇，旋即搖頭拒絕，並左飄右竄地說：「靈草兄，請你千萬千萬別要胡來，我只喜歡自由自在的生活。愛往哪裏就去那裏，隨心所欲，沒有束縛、沒有煩惱，那有多好！魔法森林要由有興趣、有能力的仙子來管治，而那個……一定不是我！」

　　說罷，瀟風便吹到沉默不語的石漢身邊，拍了拍他堅挺的胸膛：「石漢兄，我倒認為你最適合當我們的領袖，如果你願意，我絕對會投下我神聖的一票。」

　　石漢木無表情地推卻：「別開玩笑！剛才石俊向我提及露珠王后最近的情況，我擔心還來不及呢！」

　　看見靈草、瀟風都各有支持者，花后

感到不是味兒，尤其是她一直以為瀟風最擁護自己，誰知他竟然想推舉外形笨拙、毫不吸引的石漢！花后心裏一沉，開始細細盤算：應該重新估量一下形勢，為未來的選舉作更好的部署，務求能穩操勝券。

瀟風一臉輕鬆：「石漢兄，你總是為別人設想，但今次你可能想多了！露珠女王的性情一向都難以猜度，你又何須過分憂心呢？來吧！為了新世紀的新景象，我

們應該充滿盼望和喜樂才對！」

　　眾仙齊聲響應：「對！大家都應該為這次百年一遇的選舉而欣喜！我們一起迎接新時代的誕生，一起期待美好的轉變！」

　　於是，大家又對選舉充滿憧憬，用歌聲唱出他們的願望與祈盼，有的為繁榮、有的為創建歷史、有的為和平、有的為理想……總之，就連旁觀的羅賓鳥，也為他們這份嚮往而感動，渴望和他們一起見證這個歷史時刻！

第七章　露珠女王忐忑不安

與此同時，在山上休息的露珠女王也正為這次世紀選舉煩惱，她焦躁地踱步思量，心裏忐忑不安，想不通為何要再進行選舉。她自問十分盡心地治理這個森林，過去一百年的安定繁榮有目共睹，相信除了她，根本再沒有更好的領導者，所以沒有必要進行選舉。但思前想後，露珠女王又不明白自己為何會憂心和不安。於是，她決定為自己打打氣，引吭高歌，把自己的心聲唱出，讓大家明白她就是那位好得無比的領袖，整個魔法森林中，沒有誰可與她媲美，大家亦不用費神去尋找，因為最好的就是——她自己！

女王幻想自己在選舉中再次獲勝的情

景，越唱越興奮、越唱越覺逼真，彷彿自己就在眾仙面前，再一次被肯定——肯定她就是那唯一最好的！

忽然，身後傳來一陣冷笑，那笑聲陰沉短促，打斷正在自我陶醉的露珠女王。

原來，一直秘密擱在女王宮中一棵樹後的那塊魔鏡，聽見女王的歌聲，即為她的無知而竊笑，並語帶譏諷地挑戰她：「哈嘻哈哈！哈嘻哈哈！女王陛下，你真的認為自己會在今次選舉中再次勝出嗎？你以為所有仙子真的會投票給你？哈嘻哈哈！哈嘻哈哈！」

聽罷，女王心頭湧出一股寒意，她急步走近自己信賴多年、悄悄陪伴在側的魔鏡，緊張地反問：「魔鏡，魔鏡，你一向都說我是最好的、最美的、最有能力的，

為什麼你現在竟這麼說？」

　　魔鏡深沉而緩慢的聲音再次響起：「陛下，你到現在還懵然不知？他們想要的是——轉——變！」

　　女王一時未能反應。震驚地退後了好幾步，高聲嚷：「轉變？誰要轉變？為什麼要轉變？不會是這樣的！我才不要他們的選票，我不要選舉！也不稀罕！」

　　對於魔鏡的判語，女王手足無措，腦袋一片混亂，失控地來回踱步，籌謀對策。

　　忽然靈光一閃，她停下來，轉身抱着那塊魔鏡，說：「魔鏡，魔鏡，你是我最好的朋友，從不離棄我，你是我唯一的倚靠。我求求你，現在只有你能幫我，請你教我如何是好。」

　　魔鏡靜默片刻，說：「露珠女王，放心！只要你相信我，把事情交給我，我一定能幫你實現夢想，把事情辦得妥妥當當！哈嘻哈哈！哈嘻哈哈！」

　　聽了魔鏡的允諾，女王終於稍為釋懷，但經過這場澎湃起伏的情緒交戰，女王已心力交瘁，不知不覺倒在一旁就睡着了。

第八章　火魔吞噬森林

翌日清晨，各仙繼續排練巡遊表演。靈草和草仙們突然覺得酷熱非常，全身感覺不妥，到處查問究竟。花后和小花仙也在懊惱為何森林氣溫急升，害得她們幾乎連妝都快要溶掉，只見花瓣兒的顏色漸漸褪去，大家心急如焚！不遠處的石仙們也同樣覺異樣，正分頭努力查找緣由。

就在大家手忙腳亂之際，瀟風帶着一班風仙子趕到，大口大口的喘着氣向大家宣告：「呼！呼！呼！糟糕了！魔法⋯⋯森⋯⋯林⋯⋯起火了！到處火光熊熊，火勢很⋯⋯很猛烈，將近⋯⋯把⋯⋯把整個森林⋯⋯都包圍了！呼！呼！呼！」

說時遲，那時快，大家連忙用手掩住風仙子的嘴巴，恐怕他們再呼下去，情況會更糟糕。瀟風這才意識到他和風仙子在幫倒忙，越急越吹，火勢就越發不可收拾！唯有向大家道歉。

　　羅賓鳥在這生死關頭，突然拚命叫喊：
「快跑！快逃！快跑！快逃！」他們在展
翅逃離森林前，盡最大的努力地通報，希
望大家能逃出生天！

第九章　女王不見了

　　大家想要逃命，卻又不甘心，想要知道好端端的森林何來火苗，正當他們不知如何應對的時候，露娜和她的露珠小仙跑來告訴大家，她們發現火魔聯同眾火舌來了，到處點火，威力驚人，勢無可擋，她們也快要被蒸發掉，卻遍尋不獲女王的蹤影，就趕來呼籲其他仙子聯手幫忙。

　　不待她們說畢，石漢已毫不猶豫率先

答道：「義不容辭！義不容辭！我們趕快去找女王吧！」

就這樣，仙子們四處搜索，一邊大叫：「露珠女王！」他們冒着生命危險，分頭搜索，小溪旁、蕨樹下、菇菌牀、石苔間⋯⋯都找不到女王的蹤影！露娜情急起來，直衝露珠王宮再徹底找一遍，其他仙子緊緊跟隨其後，終於發現女王倒臥在大樹後面，身子被掉下來的葉子遮蔽了。

大家見狀，連忙合力把她喚醒，報告魔法森林危在旦夕。女王清醒過來，還不

知情況嚴峻，竟對露娜說：「別擔心，這次選舉我們勝券在握！」

露娜傷心地說：「女王！你還惦掛着選舉？看！我們的森林快要消失了，什麼選舉也沒用了！」

露珠女王這才發現眼前的露娜和其他仙子都被煙熏黑了，她再舉目觀看，發現滿目瘡痍，濃煙重重包圍着整個魔法森林，以往的一片濃綠如今已面目全非，只剩下刺眼的火光和一片灰燼！

女王心疼非常，眼底頓時湧出一顆又一顆剔透如珍珠般的眼淚，並向眾仙追問究竟。對於她的追問，大家都沒有答案，只搖頭歎息，根本不知道火魔為何到魔法森林肆虐。

第十章　魔鏡現身

突然間，女王好像想起了什麼似的，自言自語：「是不是魔鏡幹的好事？」

眾仙都大惑不解，什麼魔鏡？什麼好事？火燒森林是「好事」？

女王不由分說，衝到魔鏡面前，緊緊抓着它放聲大叫：「魔鏡！魔鏡！你到底做了什麼？快回答我！魔鏡！魔鏡！這是不是你做的？」

在場的仙子以為女王刺激過度，神智不清而亂說一通。

正當大家準備安慰女王時，那掛在樹上的鏡子忽然冒出一縷藍煙，繚繞樹幹，轉了三個圈，說時遲，那時快，藍煙中突然出現一個駭人的影子，身上披着一件黑

色長袍，一張青綠色的臉若隱若現，「哈嘻哈哈！哈嘻哈哈！」那陣陰冷的笑聲，令大家不寒而慄。

「魔鏡！魔鏡！你到底做了什麼？快回答我！魔鏡！魔鏡！這是不是你做的？」女王心急如焚，扯着嗓子大聲重複她的質問。

魔鏡露出猙獰的笑容，逐步迫近女王，一步一句：「哈嘻哈哈！哈嘻哈哈！女王陛下！這不是你想要的嗎？是你請我幫忙，是你要得到保障。我只是為你

效勞！哈嘻哈哈！哈嘻哈哈！」

　　女王呆了，眾仙也嚇呆了。真相竟然是──露珠女王指使魔鏡釀成這場大災難！這是大家都不曾想像、不能接受的殘酷真相！

　　女王面容扭曲，聲嘶力竭地哭訴：「不，這不是我要的！我不要這樣！我只想在選舉中勝出，而非要毀滅這個森林，更不想傷害任何一位仙子！」

　　魔鏡沒有理會女王的責難，只管繼續冷笑，一揮長袍便消失於無形，留下跪在地上懊悔飲泣的女王。

第十一章　石仙子壯烈犧牲

過了好久，女王抽搐着身子，顫顫巍巍的站起來，走到每一個曾經擁護她、讚頌她、信任她的仙子跟前，懇求他們的寬恕。她滿臉珠痕，哭着哀求：「請原諒我吧！我真的不想傷害大家！更不想我們的森林變成這樣！我誤信了鏡魔，這是我的錯！」

大家不知如何反應，就在這瞬間，火魔早已把大家重重包圍。

渾身駭紅的火魔目光凌厲，擺出一副大開殺戒的姿態，氣燄囂張。他一聲令下，所有火舌各就各位，準備飽餐一頓。

露珠女王為了彌補自己鑄成的大錯，竟奮不顧身撲前擋住火魔，希望能減少其他仙子的傷亡。

石漢見狀，立即趨前抵在女王前面，並催促其他仙子躲在一班石仙子身後；他與石俊和其他石仙則迅速站在一起，肩並肩彼此扣緊，築成一道圍牆，咬緊牙關頂着烈燄的煎熬，拼命對抗那些張牙舞爪、咄咄進迫的火舌。

石仙們越是奮力抵擋，火魔就越是興奮肆虐。

各仙只能互相靠攏，緊握在一起。石漢用盡最後一口氣，叫大家堅持到底，以身軀守護他們最親愛的森林和同伴！

火舌迅速在石隙間舔燄加熱，石仙子最後也敵不過火魔和火舌的猛攻；終於，他們都變成一堆堆的灰燼，消失於熊熊的火海之中。

第十二章　羅賓鳥的哀歌

　　浩劫過後，遍地只剩下朽木枯枝和灰炭，魔法森林被毀滅了，從前的笑聲、歌聲都沒有了，得天獨厚的絢麗色彩、活潑可愛的小仙子也絕跡了，就連半點兒的風亦消失了……

　　森林變得死寂，靜得連硝煙的飄動都聽得見，靜得每一秒鐘都像一個世紀那麼漫長。不曉得到底過了多久；其實，多久也不再重要了。

　　遠處飛來幾隻劫後餘生的羅賓鳥，他們拍動翅膀的聲音，畫破這個凝住了的漆黑時空。羅賓鳥低飛盤旋，靠近那曾經是最後防線的荒野，嘗試在這凋零之地尋

覓一線生機——或許、可能會碰上奇跡。

但他們越靠近那大片灰燼，就越悲痛！什麼都沒有了，連半點生命氣息也聞不到。

羅賓鳥回想起昔日的魔法森林和那些各具氣質的仙子，大家歡天喜地的歌舞，再也忍不住眼眶一直在滾動的淚水，大顆大顆的滴下那片已死去的大地。

對於天生愛玩樂的羅賓鳥來說，從來不知淚水會像江河決堤般，止不住、停不了。直至眼淚完全淌乾，他們同聲為眼前的蒼涼唱出一首哀歌，聲音充滿淒酸與歎息，既懷緬舊日之美好，也慨歎女王的個人慾望竟把森林毀於一旦。他們唱出心底一份懇切呼求，祈求上天憐憫，時光復再，讓魔法森林回復往日模樣。

第十三章　一場千日大雨

羅賓鳥的悲鳴彷彿震撼了天地，突然天上雷電交加，一陣狂風橫掃，好像要把天與地分開。隨之而來是一場豪雨，雨點如豆子般大，猛力灑落每一寸瘠土。

羅賓鳥渾身濕透，惶恐地拍翼與雨水搏鬥，飛往一塊枯木底下棲息。

雨水沒有止息的跡象，像要淹沒整個森林，把哀傷沖刷，把悲涼活埋。

日子一天一天過去，大雨足足下了一千日。千日之後，不遠處的雲端終於透出一線金黃，黑壓壓的天空漸漸明亮起來，雨勢亦慢慢放緩。最後，一道色彩繽紛的彩虹橫跨整個森林的上空，閃閃生輝。

奇幻的事就此發生了！

耀眼的天際首先送來夾雜百花香味的瀟風和他的同伴，然後花仙、草仙、石仙和露珠仙紛紛出現！他們都煥然一新，好像睡了一個香甜的覺，剛剛醒來似的。

　　花后比以前更美、更清麗脫俗。靈草、石漢和石俊一見面便互相擁抱問安，久別重逢，大家都笑不攏嘴。還有，露珠女王和露娜身上閃爍着前所未有的水珠琉璃光。一時間，所有的仙子都幻化回來，羅賓鳥亦聞風趕至。死而後生的重聚，大家臉上都洋溢着喜悦！

　　實在難以相信，一千日前，世界還是個崩壞的狀態，此刻卻滿布奇幻的彩虹光輝，魔法森林不單回復本來的面貌，而且蛻變得更美、更好、更有情味、更有朝氣！大家喜上眉梢，感恩雀躍。

第十四章　森林之重生

　　劫後重生的仙子，能夠重返屬於他們的魔法森林，終於深深感受到，原來這片土地，對於他們而言，是何等珍貴，他們的情誼是何等親密！仙子們緊緊地相擁，把說不出來的心情藉着擁抱傳達出來。

　　就在這個百感交集的時候，露珠女王開腔了。她提出要把領袖的地位交給石漢，因為他那份無私友愛的精神才是最好的領袖素質，其他仙子也異口同聲力讚

石漢的英勇，願意犧牲自己保護大家，絕對是眾仙的榜樣，於是一致推舉石漢管理踏入新世紀的魔法森林！

　　石漢謙虛地說：「不敢當！我和石仙子都只是盡力而為！」

　　花后搶着說：「我們明白了！最好的不在乎外表有多美，最重要的是能否願意把最好的與大家分享，貢獻所長！」

　　露珠王后緊接着說：「最好的也不是自以為有多好，而是對待別人有多好！」

　　「絕對正確！最好的也不是身體有多
靈巧和彈性！」靈草補充。

　　於是，大家紛紛分享自己領悟到什麼
才是最好，最好的並非指他們當中任何一
位仙子，而是⋯⋯

　　忽然，「嘭」的一聲巨響，震耳欲聾，
嚇得大家慌忙四散，以迅雷不及掩耳的速

度把自己匿藏起來。羅賓鳥被嚇得急飛亂衝，霎時間消失得無影無蹤。

巨響餘音尚未消散，森林內竟然出現了一個不速之客！這到底是什麼一回事？人類怎麼能找到這地方來？大家屏息凝氣，躲在藏身處悄悄窺探。

第十五章　綠罩衣的不速之客

　　那人身穿一件綠色罩衣，左顧右盼，似乎想在森林裏找些什麼。他手裏拿着一枝長槍，槍桿子上還冒着硝煙，煞是可怕！

　　原來，不速客竟不只一人，他身後還有一個長相高貴、衣飾華麗的女士，她目光銳利，帶有一股神秘氣質，以一副王者姿態，步履緩慢地進入這魔法森林的重地！

　　這時候，那持槍的突然轉身，神情驚恐，語音顫抖，低下頭來向那個女士說：「尊敬的皇后，我剛才成功射殺了一頭雪白的野兔，相信能為陛下造一條溫暖的圍巾，好過嚴冬。希望陛下喜悦。」

　　那女的立時大發雷霆，吆喝道：「你這沒用的傢伙，居然認為野兔配

66

得上我？我要的是鹿毛豹氈！低賤的野兔只適合低俗的白雪公主。真豈有此理！快給我滾開！」

獵人被訓了一頓，正擔心快要掉命，皇后的眼球卻被森林不遠處一點閃爍的光芒吸引着，就馬上吩咐：「那閃亮的東西是什麼？快去查探！」

被嚇得半死的獵人絲毫不敢怠慢，朝閃光處飛奔。當他正要撥開那東西上面的枯草之際，突然傳出一陣「哈嘻哈哈」的陰笑，他腿軟面青，幾乎連槍也拿不穩，就頭也不回地拔足而逃，跑回皇后身邊。

皇后見他面色蒼白，便問：「那是什麼？」

獵人倒吸了一大口氣，才說得出話來：「尊敬的皇后，我……我……想，它……它……應該是……」

　　「是什麼？」皇后好不耐煩。

　　「是……是一件……會發光的東西。」

　　皇后瞪大眼睛：「什麼？會發光的東西？你這笨蛋！給我滾開——」

　　皇后決定親自去看個究竟，她揮一下斗篷便大踏步向前。獵人只得緊隨其後，卻又老大不願意再次走近那怪異的角落。

第十六章　魔鏡再度迷惑人心

皇后一看，便知道枯草後面藏着一面鏡子。她用手撥開乾草，好奇地端視着那繫在樹上的鏡子，自言自言：「為什麼這裏竟有一塊如此美麗的鏡子，鏡框鑲滿寶石。鏡裏的我⋯⋯實在太美了！」

皇后對着鏡子左右照看，她越是定睛於自己的佳容，越是心花怒放，完全忘記自己身處何方。

當皇后正沾沾自喜的時候，鏡子發出一把低沉的聲音：「尊貴的皇后，我在這裏恭迎陛下多時，承蒙大駕光臨，實在是我的榮幸！」

皇后驚訝萬分，想不到這面鏡子不但能照得出她的美貌，還懂説話呢。她心裏想：「這果然是傳説中的魔法森林，好神奇！」

　　魔鏡看穿皇后心裏在想什麼，續説：「尊敬的皇后，你想成為世界上最美、最好、最有能力的人嗎？我絕對可以幫你達成心願，只要你相信我，你就會成為好得無比的那個！」

皇后聽到魔鏡這番恭維，有說不出來
的興奮，她一直希望能成為那個無人可及、
最美、最好和最有能力的人啊！

　　她立即命令獵人：「快！把這面鏡子
帶回王宮，好讓我跟它細細詳談。」

　　獵人二話不說，馬上舉起雙手，準備
把鏡子從樹上取下來，
皇后緊張萬分，厲聲
道：「當心！你這

笨傢伙，要是鏡子有任何損傷，我絕對不會放過你！」

獵人連聲回應：「遵命，遵命，皇后請放心、皇后請放心⋯⋯」

於是，獵人小心翼翼地捧着魔鏡，尾隨着那位滿心歡喜、如獲至寶的皇后，離開魔法森林，返回王宮。

第十七章　真正的好得無比

　　過了一陣子，仙子們才敢從隱蔽處躡手躡腳地走出來。

　　眾仙緊皺着眉頭，望向那自以為尋獲至寶的皇后的背影，歎息道：「唉！她帶走了魔鏡，人類的世界有禍了！」

　　是的，當他們目睹皇后如何一步一步地墮入魔鏡的陷阱，他們才醒覺到個人的權力慾和好勝心，會帶來多麼可怕的破壞。

　　露珠女王緊握着露娜和花后的手，衷心地說：「我真希望我們的悲劇不會重演！」可惜，驕傲、嫉妒、惡毒已隨着魔鏡悄悄地在人類的皇后心裏生根、蔓延。

相反，經過一場火災的洗禮，魔法森林中眾仙終於領悟到什麼才是最好——最好的並不是他們任何一位仙子，而是大家願意把自己最好的才能、最好的一面貢獻出來，才會成為「好得無比」的羣體，造福整個森林！

灰故娘後傳

呈獻祝福

第一章　最真摯的祝福

　　在一個明月高掛、天清氣爽的晚上，露珠仙子露露獨自一人，靜悄悄地走出魔法森林。她肩膀上搭着一個小袋子，步履輕盈，蹦蹦跳跳的來到那金碧輝煌、燈火通明的王宮門外。她探頭看了看左、右，又看了看前、後，沒被人發現，於是沾沾自喜地會心微笑，然後一個轉身，化成一道水珠般的霧氣，鑽進了王宮中王后的寢室。

　　緊隨露露的消失，原來風仙子帥風一直也留意着露露，並一路靜悄悄地跟蹤着

她，一直來到王宮門外，他要看看到底有
什麼事情會讓露露要這樣祕密行事，甚至
打破魔法森林的規定，闖進人類的世界？
帥風是最靈通、最愛打探消息的仙子。他
來無蹤，去無跡，獨來獨往，瀟灑自在。
他想知道的東西，就是如何祕密，也擋不
住他的好奇心！

　　原來，王宮有個大喜訊！
大家期待已久的小公主，今天
誕生了！英偉不凡的國王與
美麗溫柔的王后一直等候

着的小公主──佩思，在哇哇聲中出生了！

佩思公主長得非常漂亮，面頰白裏透紅，還有兩個小酒窩、一頭深棕色微鬈的幼滑秀髮，所有人只要看她一眼，都為之讚歎。小公主的哭聲特別響亮，特別可愛，大家的心早已被她擄住了！

露露急不及待地專程到來，就是要親自送上最上好的祝福──三個晶瑩剔透的水晶球。球內閃閃發光，好像有無數顆露珠在光線下連成一道彩帶，

流動着、閃動着，仔細地再看，便會發現每一個祝福水晶球，其實都隱藏着一個祝福。沒錯！原來是「信心」、「盼望」和「愛」，多美好的祝福啊！

第二章　公主的生辰

就在露露的祝福和眾人的愛戴下，小公主一天一天的長大，樣子越來越漂亮，長相甜美，眉目間散發出一股聰慧靈巧的氣質，國王和王后非常疼愛她，每月都會舉行盛大的慶祝舞會，廣邀大臣、使節來到王宮歡聚，為他們擁有這摯愛的女兒作幸福的見證。全國上下都津津樂道，總希望終有一天能被邀請出席參與舞會，一睹佩思公主的風采！

時光飛快，佩思公主快要慶祝十六歲生辰了！為了隆重其事，國王打算舉辦一場更盛大的舞會，每家每戶都接獲邀請。

這個舞會一共持續十天，歌舞聲響遍王宮內外。每位出席的嘉賓皆悉心打扮，

穿上最好的禮服、最美的晚裝。大家還為了確保舞姿得體，紛紛在家勤加練習，希望為公主獻上最值得紀念的祝福。大街小巷都洋溢着喜慶的氣氛，就連路旁的花朵都顯得特別漂亮。大家整天都在討論公主生辰的話題，興奮又雀躍。

　　就在歌聲飄揚的大禮堂中，每位賓客聞歌起舞，隨着節拍前後左右搖曳、旋轉。整個華麗的禮堂布置講究，金碧輝煌，充滿着熱鬧和歡愉的歌聲和笑聲。大家還唱起那家傳戶曉的歌，歌詞中充滿對公主的欣賞和讚美。國王和王后當然樂透了，有什麼比起他們的寶貝女兒更重要、更值得花上心思呢？看見舉國上下歌舞昇平，佩思公主得到人民的愛戴，實在是整個王國的福氣。

第三章　突如其來的驚嚇

　　就在大家陶醉在舞會的音樂聲和賓客們的舞姿中的時候，突然間，有人衝進舞池，尖叫一聲「夠了！」這樣突如其來的一聲，大家都嚇得目瞪口呆，不知如何是好！到底是誰把那歡愉的氣氛打破，把禮堂那熱鬧的氣氛降至冰點？是誰膽敢在公主的生辰舞會中搗亂？

　　最令大家吃驚的是，那人正是佩思公主本人！

怎麼也想不到大家心目中美麗、可愛的公主竟然會這樣跑出來，止住了音樂、嚇呆了所有在場的人，最驚訝的當然是她的父王和母后！

　　接下來的，更是要命！佩思公主尖叫之後，指着一眾賓客，瞪着眼，厲聲說：「今天是我的生辰，我要你們知道，我根本不

喜歡舞會、不喜歡跳舞、更不喜歡看你們跳舞！」

大家還來不及反應，公主又繼續發洩積壓已久的情緒，向舞會中人叫嚷：「我就是討厭這些每個月舉行的舞會，跳舞有什麼好？簡直浪費時間！我實在忍受不了！這是我——的——生——辰！我討厭這樣慶祝！」

說罷，公主帶着滿臉怒氣向場內每位賓客都狠狠瞪了一眼，然後轉身大步離開禮堂，留下一眾既尷尬又疑惑的賓客，大家都不敢動彈。這到底是怎麼一回事？難道公主生病了？大家不敢作聲也不敢多留，

逐一向國王及王后辭別，陸續散去。

　　處理完前所未有的尷尬場面後，國王和王后立即走去公主的寢室，打算問個究竟。國王看見女兒還在房裏發脾氣，擔心她是否生了什麼毛病，誰知佩思公主回應：「我沒病！只是實在受夠了這些無聊的舞會。我不喜歡穿那些令人透不過氣來的裙子，更非常討厭跳舞！」國王和王后實在不理解，這不是一個大家都引以為傲的傳統禮節嗎？一個快樂無比的聚會，怎會令女兒討厭的呢？他們嘗試向她解釋，但換來的卻是更強烈的反應。

　　佩思公主不願意明白，亦不認同父王及母后的解釋，因為她認為他們根本沒有

聽見她的心聲，也不關心她的感受，自己今天已經十六歲了，應該有權選擇慶祝生日的方式。所以，她堅持反抗這些對她來說毫無意義的舞會！

就這樣，她和國王你一言、我一語的互不退讓，兩人都希望說服對方認同自己的立場。於是，大家越吵越失控。

佩思公主一怒之下，隨手拿起擺設在房裏的祝福水晶球，瞄了一眼，說：「這根本不算是愛！」然後把水晶球摔到房間的遠處一角，狠狠地摔破了！弄得滿地閃亮的碎片，水晶球裏的流光也隨着一縷霧

氣瞬間幻滅。國王、王后攔阻不了，只能眼巴巴的看着這一切發生，留不住那「愛」的祝福。

國王嚴正地說：「佩思！你知道這是什麼嗎？」王后馬上接話：「它是你出生時，別人特地為你送來的祝福！」

佩思依然怒氣沖沖，說：「我不知道它是什麼，只知道你們愛它比我更多！」

「哼！我應該一早便知道，你們愛的只是舞會、賓客、傳統禮節、面子和這些裝飾用的祝福水晶球！」話還沒說完，佩思轉過頭便拿起其餘兩個祝福水晶球，「信心？你們從來都不信任我！希望？這裏壓根兒沒有希望，就連一絲希望也沒有！」她使勁地把那兩個晶瑩光亮的小球兒擲向地上……光，滅了，球，碎了……

這個時候，王后再撐不下去，暈倒在地上！女兒這麼反叛放肆，國王本來氣上心頭，想要好好教訓她，卻因愛妻不支倒地，忙於召喚宮女們前來照料，只好壓抑心裏的怒火，命令佩思好好冷靜，反省一下自己的橫蠻無禮和所闖下的禍。

當然，佩思公主一點兒也不覺得是自己的問題。國王離開後，她還未能冷靜下來，原來她自小就不喜歡舞會和那些宮廷禮節，覺得再也忍受不了，正好趁着十六歲生日公開表白，誰知父王和母后竟然半點也不諒解。

第四章　公主的心聲

「為什麼說出自己的心聲，竟無人聽見！」佩思公主獨個兒在房內中踱步、抱怨。

「看，你這個黑臉小姑娘，怎麼了？還在生氣？」風仙子帥風一直躲在窗簾後探看，終於忍不住開腔了。

公主一見到帥風，就忍不住大吐苦水。

其實，帥風怎會不知道她的心聲？自從佩思公主出生以後，他便常常秘密地來跟她聊天、說笑，成為公主最要好的朋友。

帥風他早就來到，本想給佩思一個生日驚喜，誰知竟然是公主給所有人製造一個「生日驚嚇」。他就在窗簾後，親眼「觀賞」了宮中百年難得一遇的好戲。他從來未見過佩思公主這樣勇敢，亦未見過國王這樣惱怒！

他突然現身，對佩思公主來說正來得及時，因為她認為只有帥風才能真正明白她。平日她最愛聽帥風跟她說說魔法森林的故事，以及宮外那些美景和事物，實在吸引得很。佩思公主開始嚮往仙子的生活，她更羨慕帥風那種自由自在，見多識廣。公主扁着嘴巴說：「帥風，這世界就數你最懂我了，你願意聽聽我的心聲嗎？」

帥風睜大雙眼，看着公主，毫不猶豫地說：「那當然！我絕對樂意洗耳恭聽。」

佩思公主把她一直以來的夢想告訴帥

風：「帥風、帥風，我好想看看王宮外面的世界，我好想知道你常常說的那個魔法森林到底是怎樣的；我好想有人真正關心我的感受、願意聆聽我的心聲、全心全意地愛我、疼我。我希望有人會明白我，愛我多過舞會、多過傳統禮節和什麼祝福水晶球！可是，我知道這只是我自己一廂情願的妄想……我真的很想像你一樣，自由寫意、無拘無束的，

喜歡往哪裏就去那裏！」

「像我一樣？」帥風打量了公主，然後笑着說：「無論怎看，你都是切切實實的公主，又怎能成為仙子呢？不過——」

佩思公主搶着說：「帥風、帥風，是什麼？不過什麼？」

帥風擺出一副滿肚鬼主意的模樣，看着公主焦急不已，他看了看四周，再在她耳邊輕聲說：「不過……你絕對可以離開這個王宮，獲取你應得的自由。」

聽罷帥風這大膽的建議，佩思彷彿被敲醒一般，感到無比的盼望：「沒錯！為何我從未想過？」於是，她的大眼睛轉呀轉，開始計劃如何向宮外的世界進發。這時，帥風也「嗖」的一聲，穿過窗子離開了。

第五章　國王和王后的心聲

在另一邊廂，痛心乏力的王后由宮女們扶她回到寢室，心痛如絞，昏倒在牀上。國王則一直陪伴在側，照顧他最深愛的妻子。不久，王后回過神醒來，看見國王仍在，便說：「親愛的陛下，我沒大礙的，不要為我耽誤國事，去忙你的吧！」

國王眼見王后的虛弱和傷心，早已極為心疼，又怎能不顧呢？所以他走近王后身旁柔聲地說：「放心吧！這個時刻，除你以外，沒有什麼東西叫我更關注的了。我知道你現在最需要我的陪伴，剛才你所受的打擊，一定令你很難過，我又怎忍心要你獨自悲傷呢？」

聽見國王的一番話，王后百感交集，

眼淚都掉下來了，她向這位最了解、最疼錫她的一國之君說：「得到國王你的愛護，是我一生莫大的福氣！能夠遇上你已是我的幸福，佩思的誕生是我們更美的祝福，她擁有我倆的影子，我們傾盡全力去愛她，希望她快樂。可是，今天……我一直以為我們對她的愛，她會感受到、領會到……可惜，原來她接收不到，我真不知道如何才可讓她明白，我們實在愛她遠勝一切。」

國王搖了搖頭，歎息着說：「對！今天所發生的，確實太激心了！沒想到我們的女兒竟然變成這樣？她本是上天給我們最好的禮物，我們疼她、愛她，又豈只是在舞會和形式上？難道我們這樣全心全意愛她，她真的半點也不在乎？」

第六章　公主出走

正當國王和王后回想着一切有關佩思的生活點滴時，宮中的侍衛長，趕急地在門外求見。國王不耐煩地問：「是什麼一回事？王后不適，怎麼還來打擾？」侍衛長氣急敗壞地說：「不敢、不敢！但這是關乎佩思公主的……」國王厲聲問道：「公主又在發脾氣嗎？」

侍衛長回答說：「不，不是發脾氣，是佩思公主不見了！」國王和王后異口同聲地問：「什麼？你說什麼？」侍衛長戰戰兢兢，回答說：「我們已經搜尋了王宮每一個角落，也找不着公主……」

國王追問：「這到底是什麼一回事？」
侍衞回答說：「我們發現公主不見了，便立刻四處找她，可是尋遍整個王宮也找不到她的身影。恐怕她是離開了王宮，出走了！」

國王和王后都呆住了，王后的心再一次絞痛起來，她緊握着國王的手臂說：「請國王設法找回我們寶貝的女兒，我不能沒有她。」國王安慰她說：「放心，我一定會把佩思找回來！」於是，一個箭步，便離開寢室，出發去找他心愛的女兒。

第七章　神秘的魔法森林

　　離王宮不太遠的森林隱密處，就是魔法森林的所在。那兒住了不少的小仙子，有晶瑩可愛的露珠仙子、活潑調皮的草仙子、七彩繽紛的花仙子、瀟灑自在的風仙子，還有穩重健碩的石仙子。而石仙子的首領石漢大王更是魔法森林的領袖，他熱愛和平，為人和順，總希望森林中各種仙子都能和諧共處。

　　魔法森林裏，還有一羣顏色豔麗的羅賓鳥，他們不只身上的羽毛亮麗得叫人讚歎，他們的歌聲更是繞梁三日，在仙子羣中得到最高榮譽的稱讚。因為他們唱起歌

來，就會讓整個森林變得生氣勃勃，仙子們也份外雀躍。

每當晨曦初露，靜寂的魔法森林總會悄悄地被露珠仙子的水滴聲喚醒，他們身上的水珠反映出的晨光光芒四射，照遍整個魔法森林，其他仙子便會相繼甦醒，伸展小小的身軀。美麗的花仙子們最愛打扮一番，把她們身上每一塊小花瓣都打掃一下，總要以最佳的姿態示人，當中最美的當然是花后愛美。她的花瓣兒色彩格外耀眼，濃淡得宜，就好像把世上最美的顏色都塗抹在她的身上了。

而草仙子的靈活躍動，總教仙子們讚歎他們的柔軔性，不論在什麼地方什麼時候都能發揮他們的超級彈性。說到風仙子，就不能不提靈風的氣勢，他氣宇軒昂，瀟灑自若，帶領着一眾風仙子，四處遊歷，煞是俊朗非凡。至於統治整個魔法森林的領袖——石漢大王，他率領的石仙子，就更顯威武，他們的步履穩重，有規有矩。有他們的坐陣，森林就越見安穩。

第八章　前所未見的衝擊

今天的早晨，與別不同。在晨光照耀下紛紛醒來的仙子們，發現石漢身後多了一羣新朋友，他們是全身羽毛黑漆帶藍的雀仙，不知是從哪裏來到這森林。看上去樣子有點高傲，尤其是他們眼尾的一條彩藍色的長羽毛，令他們已經上揚的眼睛更顯得眼神凌厲，充滿自信。石漢興高采烈

地隆重介紹這些新加盟的雀仙，他們的名
字是——熒火鳥。

　　各仙子對這一羣新朋友深感興趣，大
家都打量着、談論着。石漢還帶熒火鳥們
去聽羅賓鳥的美妙歌聲，並作介紹，讓他
們互相認識。

　　誰知熒火鳥毫不客氣地批評羅賓鳥的
歌聲，熒火鳥的首領熒駿搶先說道：「什
麼？這些呆呆的，一點動作節拍都欠奉的，

就算是森林中最動聽的雀仙了嗎？別説笑了！他們頂多是會發聲的小雞吧！哈哈哈！」「飛上枝頭的小雞！」所有熒火鳥齊聲和應，還捧腹大笑起來。

羅賓鳥立時被氣得面紅耳赤，怒髮衝冠，實行要還以顏色，他們的領袖羅莉飛前來，鄭重地向大家説：「我們一直以來在這森林都是最受歡迎、最優秀的歌唱家，這個是所有仙子都公認的。你們初來報到就大言不慚，不知好歹，簡直令人討厭！有膽就放馬過來，讓我們教你怎樣才是最好的！」熒駿不禁竊笑説：「有膽？我們當然有膽！要鬥，我們一定奉陪，你們這班自我感覺良好的小雞要自討沒趣，就別後悔！」

話還沒説完，花后愛美見狀馬上隔開這兩

批雀仙，希望舒緩這如箭在弦的緊張局勢，她溫柔地說：「萬事都有商量，大家不要動氣，不如坐下來，平心靜氣，慢慢說吧！」羅莉對愛美說：「請你別管，我們一定要好好教訓這些不識時務，低俗不堪的新晉！」

　　羅莉等不及愛美的反應，已拍翼示意羅賓鳥們使出看家本領，高唱他們的首本名歌《好得無比》。這首歌曲可說是仙子界中家傳戶曉的金曲，也是羅賓鳥成為最優秀歌唱家的最好證明。只要聽到他們清脆的歌聲，整個森林就會感動起來，連花草樹木的色澤也會為之煥然一新；森林上下都陶醉在這悅耳的歌聲中，和諧地度過了這幾百年的歲月。無疑，羅賓鳥就代表着魔法森林的文化、歷史和內涵，真是每

字每句都叫大家神往，引起了大家共鳴，動人心弦！

　　聽着這樂曲，熒火鳥卻一點也不動容，更說不上有絲毫的欣賞。他們只在旁指指點點，竊笑一番。對他們來說這樣呆站着唱歌，早已不合時了。所以，他們等着這個機會，給大家一個嶄新的體驗，實行要把一眾仙子的文化品味來一個洗禮，大大提昇至另一個層次。

　　當大家都鼓掌稱許羅賓鳥的高水準演出時，熒駿一聲令下，熒火鳥立即排成整齊的隊形，氣勢可觀。熒駿對羅莉挑戰說：「你們這樣就叫做好得無比？那就好好看看我們吧！」

　　二話不說，音樂奏起，這羣黑黑藍藍的雀仙，身上竟發出無數點熒光來，他們

跟着節拍又唱又跳，熒光有規律
地閃動着，配合着整齊有勁的舞步，
確實叫在場的眾仙目瞪口呆，拍案叫絕。
他們把這首《好得無比》譜上新詞，旋律
變得活潑激昂，令人耳目一新，絕對是感
官的一大享受。

　　這羣熒火鳥唱得好不在話下，他們閃
燦亮麗的羽毛，震撼了整個森林，光影幻
化成彩帶在空中飛舞。霎時間，大家好像
進入了另一個世界，創意無限，視覺聽覺
都盡被佔領，聽得振奮，目不暇給，大家
都不禁嘖嘖稱奇。這真是一個突破！突破
了《好得無比》的定義，突破了文化品味
的固有框架，簡直為森林的秩序帶來了前
所未有的衝擊。

第九章　不分高下

表演完畢，樊駿和羅莉急不及待地向石漢追問：「大王，你來評評，到底我們誰是最好的？」石漢不想得罪任何一方，冷靜地豎起雙手的兩隻拇指說：「你們都同樣優秀，各有所長，於我而言，都是最好的。」樊火鳥和羅賓鳥不能接受這個答案，齊聲說：「不可以，事實上我們比他們好得多！倒不如問問其他仙子，大家投票吧！」

「投票？」大家唯有逐一表態。首先，花后愛美說：「我覺得羅賓鳥的歌聲最動人，他們一唱起歌來，我的花瓣兒就好像被滋潤了般，開得特別燦爛。看！我們所有的花仙子一聽見他們的歌，大家都心花

怒放了。」

　　接着，草仙子大哥尚草也來投票，説：「若真的要投票，我會投給熒火鳥，因為他們載歌載舞，勁力十足，我們從未聽過能令我們手舞足蹈、全情投入、禁不住隨着節拍動起來的歌。我身上每一個細胞就好像要彈跳不止，興奮極了！」

　　「對！尚草，我同意你的選擇。熒火鳥這種歌舞演繹，是現今在其他森林中最流行的，加上他們的熒光羽毛，更掀起了一陣追捧熱潮。大家都非常喜歡他們獨特的唱腔和舞姿，配搭起來絕對是帶領潮流的典範。」靈風搭着尚草的肩膀道。

露珠仙子露露也加入表態：「潮流，總是一時一樣，經常變換，是不會長久的。只有經典的才能經得起時間考驗，歷久常新，所以我始終認為羅賓鳥是最好的。」

「這實在太好了！」石漢屈指數一數票數繼續說：「票數打平手，這是我最喜歡的結果。哈哈哈，真好啊！」可是，兩批雀仙極不滿意，強迫石漢作決定，一定只能二選一。

第十章　信任之橋倒塌

　　就在大家爭持不下，雙方對峙之際，突然一陣陰風吹來。原來是一直躲在樹後觀賽的帥風，他一臉計謀地出現：「嘿嘿嘿！」

　　大家都不寒而慄，他指着羅莉和樊駿說：「要分高下？很簡單！大家稍安無躁。聽着！羅賓鳥常常駐足的這道橋，本是屬於森林中最優秀歌唱家的舞台，如果要成為最好的，何不看誰能搶佔這橋，成為真正的霸主？」頓時，羅莉和樊駿都覺得這是個最棒的主意，因此，怒視着對方說：「不錯！果然是好主意！」

　　就是這樣，開始了一場大混戰。兩羣雀仙寸土必爭，抖開了全身的羽毛，大力

拍打翅膀，互相攻擊、推撞起來。其他仙子看見這種情況都束手無策，不知如何是好，害怕極了。當大家打得難分難解時，那道橋由於負荷過重，發出一聲巨響後，就完全崩塌了！

這時，大家都被嚇壞！糟糕了！誰也沒想到舞台會承受不住而塌毀。

帥風走前來看看情況，接着對羅莉和熒駿説：「想不到你們這樣認真，這道魔法森林裏唯一的橋都被你們推倒了，我相信還有更壞的事情會接踵而來，走着瞧吧！我保證，事情將會壞得很！哈哈哈！真富娛樂性！」帥風一邊説，一邊瀟灑地飛走了，留下其他驚惶失措的仙子。

看着帥風落井下石、冷嘲熱諷的態度，露露氣得指着他已飄遠的身影説：「帥風真可惡，你們怎可以聽他的？他滿腦子都是壞主意！」露珠仙子們紛紛點頭回應：「他就是心術不正，惟恐天下不亂！」尚草也有同感：「帥風最愛挑撥，他的話根本一點可不可信！」

「等等！」仙羣中鑽出一個矮小可愛的小石仙來，他就是石磷，他雖然個子小，但在石仙子中算是最聰明的一個，他走到中央，説：「這次帥風的話，應該沒有錯。」大家大惑不解望着石磷，於是他繼續説：「因為我們的太、太、太、太祖先曾經説過，這道橋是信心橋，是由我們森林最重要的基石搭成的，一旦塌毀，森林便會出現大災難。」

第十一章　災難的降臨

「災難？」眾仙嘩然：「什麼災難？」石磷抓抓頭上那幾根青苔髮說：「我也不太清楚，不過……應該很快便會出現……」話還沒說完，尚草突然發現自己的手腳好像給拉緊了的，不能再屈曲，整個身體都繃緊了，他轉身查看身後的草仙，他們也無一幸免。於是，尚草向石大王求救。

　　就在此時，露露呼喊起來說：「石漢大王，不得了、不得了！我們不知怎地都

不停流淚，淚珠止不住，汗珠也停不了。」

　　露珠仙們邊哭邊嚷：「怎麼辦？我們的淚水要把眼睛也弄花了！」另一邊的花仙子們也同時發現不對勁，她們身上的顏色忽然褪去，大家都失去了光澤，變得暗啞，甚至身上的花朵也凋謝了！花后愛美花容失色，既焦急又無助。石漢看見大家的狀況，心感不妙，但也無能為力，只覺得身上的力氣好像正在溜走。

　　對！原來石仙子也同樣遭殃。石磷跟石漢說：「大王，看！我們身上的石頭無緣無故地逐一變成碎粒，大家都開始有種無力感。」石仙們憂心道：「我們將快變

成沙仙了！」石漢眼見各種災難發生，卻無計可施，深感慚愧又乏力。

靈風再來報告：「大王，情況真的很壞，森林四處都出現問題，河水氾濫、一罩灰沉的巨大雲朵逐漸移近，樹木也開始落葉，災難正在蔓延。」「那怎麼辦？」眾仙子齊喊：「石磷，你的太、太、太、太祖先還有沒有說什麼？」

第十二章　神秘的《智慧書》

　　所有仙子的目光全都集中在石磷身上。石磷左右踱步，努力地想，身上的石頭就跟著逐一跌下石磷好像想起了什麼：「我記起了！我的太、太、太、太祖先說：『森林裏有一本書，叫做《智慧書》，裏面記載了災難應變的方法，是拯救森林的唯一辦法。』」大家追問：「什麼《智慧書》？放在哪兒呢？」石磷指着石漢：「它是歷代石仙子大王所擁有的。」

　　於是，大家的視線轉到石仙子大王身上，石漢摸摸頭說：「我的隨身袋內好像真的有一本書。」他慢慢地從袋中取出，因為稍一用力，身上石粒又要掉下來了。他拿出了那本書，說：「可是我從不知道

它是什麼《智慧書》，因為書內全是空白一片。」石磷探頭看進去：「這麼奇怪？真的沒有字，全是空白頁！」

花后愛美也趨前看個究竟，並從石漢手中接過書本。這時間，奇怪的事情就發生了。

當愛美左翻右翻，希望找出線索。忽然，有一道光從頁間閃出，文字漸漸逐一顯現了。她高聲朗讀起來：「尋找便尋見，誠意加意志，萬事有定時，智慧盡在此。」愛美雖然不能完全明白，但還是繼續唸下去：「拯救森林的復原法則，集齊三個祝福：一）信任之橋、二）希望之光、三）……之愛。」尚草打斷愛美問：「『什麼的愛』？可以唸清楚些嗎？」愛美皺着眉把書遞給尚草和其他的仙子說：「看，似乎有些字

不見了⋯⋯不知道到底是『什麼的愛』？」

露露焦急得很，哭得更厲害：「不原整的《智慧書》，怎樣把我們復原？嗚嗚⋯⋯我們知道什麼是橋，找光也應該不太難，但『什麼的愛』，卻毫無線索。今次我們大難臨頭了，嗚嗚⋯⋯嗚嗚⋯⋯」

「到底是『什麼的愛』？」石漢喃喃地説着。

石漢之所以能夠成為仙中的大王，是因為他樂於助人，願意為大家多付出、多做事。他心地善良，但是動腦筋解難就絕不是他的強項，加上現在情勢危急，越急腦袋就越是一片空白。石漢受不了這種無形的壓力，他抓着頭大聲疾呼：「我投降了！」

大家被他的一句「投降」嚇壞了。這時，石磷和靈風交換了眼色，你一言我一語地安慰大家：「別放棄，我們要找的三種祝福，現在至少已經知道兩種，不如先分頭行動，爭取時間把它們找出來，再去解開最後的謎題吧！」石漢採納了他們的建議：「好吧！那麼羅賓鳥和熒火鳥負責修好你們破壞的信任之橋；露珠仙、風仙和花仙，你們負責去找希望之光；而草仙和我們石仙因行動不便，就嘗試去解開『什麼的愛』這謎團吧！」

　　眾仙子接過命令，大家一致贊同，不敢怠慢，分工合作地各自出發。

第十三章　探索新世界

　　當仙子們正籌謀對策，心急如焚之際，另一邊廂，佩思公主偷偷走出王宮，誤打誤撞，竟然來到魔法森林的邊緣。她又好奇又緊張，眼前的所有事物都那麼新鮮、那麼美麗。她獨個兒邊走邊探索這陌生的宮外世界，越走越興奮，越走越覺自在。

　　剛好風仙子帥風也來附近，懶理仙子們的亂局，他遠遠見到換上輕裝的佩

思公主，決定要給她一個驚
喜。帥風悄悄地走到正陶醉在花香
美景的佩思身後，她一轉身看見帥風，十
分驚喜，說：「帥風，你差點把我嚇壞了！」
帥風笑着回答說：「公主，公主！想不到
你這樣勇敢，真的出走了，還懂得走到這
兒，行使你的自由。帥風佩服、佩服。」

聽見帥風這樣的嘉許，公主立時喜上
眉梢，並請帥風為她帶路，好讓她可以親
眼看看那個夢幻的魔法森林。帥風隨即盡
地主之誼，帶佩思公主進入森林遊玩，讓
她大開眼界。沿途他繼續慫恿公主拋下王

宮的枷鎖，大膽嘗試，忘記父母的專制，盡情享受她應有的自由。

帥風還得意忘形地向公主透露他的心底話：「我根本不屑與那些笨仙子打交道，因為我才是最聰明、最有智慧的，所以從來也不害怕寂寞。獨來獨往、我行我素是我的本性，只要自己高興，想怎樣就怎樣，不用活在別人設下的框架或規範中。只要你夠勇敢，就必能夠和我一樣，沒有任何束縛，來去自如，獲得真正的自由！這絕對不是夢想，因為有膽識，什麼事都可成真！」

第十四章　尋找希望之光

公主聽後眉飛色舞，充滿信心，勇敢地去跟帥風四處闖蕩。當他倆玩得正高興時，花后愛美帶着花仙、露珠仙和風仙也來到這裏找尋希望之光。

愛美看見帥風意氣風發的模樣，立時怒火中燒，看到他身旁有一個人類女子，更是氣上心頭，她喝道：「你怎麼會帶人類來我們的森林？」露露也忍不住向帥風哭着追問：「你害我們還不夠嗎？嗚嗚嗚……」帥風見大家狼狽的樣子，甚覺好笑：「怎麼了？露露別哭，我怎會加害你們呢？」

花仙們指着帥風：「就是你，説話太多、

太不負責任，害了大家，連累了整個森林！」帥風反駁説：「我説的都是發自內心，忠於自己的信念。何況説話是我的自由，我喜歡説什麼就説什麼，用不着你們來管！」

露露抹掉滿臉的淚珠和汗珠，邊哭邊説：「就是你！只顧自己，太自私！害人不淺！」

靈風認為大家是手足，本來不想跟帥風爭吵，但也受不了他的狂妄自大：「你如果不是幫忙，就請你快快消失，不要再給大家找麻煩！」帥風繼續為自己辯護：「好兄弟！怎麼了？我再説，我根本沒有錯，我絕對有説話的自由，這是我應有的權利！我……我……」帥風突然發覺自己説不下去，發不了聲。靈風厭煩地説：「你

就是只懂什麼都我、我、我，你總在挑撥、煽動、大言不慚，還……」靈風也講不出話來，其餘的風仙子也遭同一命運，一點風聲也沒有了。

這時大家四目交投，屏息靜氣，花后愛美歎息道：「好了！我們的花兒不能開，草仙不能自由活動、露珠停不了哭、石仙不再堅穩，現在連風仙也不能發聲，這是我們的末日，魔法森林要終結了，嗚嗚……嗚嗚……」愛美和露露痛哭起來。

佩思公主看見大家的慘況，上前問道：「終結？我的探險旅程才剛開始，怎能這麼快就終結呢？噢！忘記了自我介紹，我叫佩思，第一次來到你們的魔法森林，很榮幸又興奮。可是，你們似乎遇上了大麻煩，帥風是我的好朋友，可惜他現在失了

聲，否則他可以代我向你們解釋一下。」

公主發覺仙子們都不在意她的介紹，大家只是垂頭歎息，很是傷感，她便安慰花后愛美說：「你一定是最美的花仙子了，請不要傷心，不妨告訴我你們的煩惱，如果大家不嫌棄，我樂意幫助大家的。」愛美感受到佩思公主的誠意，況且心想，多一個人幫忙總好過沒有，於是對她說：「我們要儘快找到希望之光。」

說罷，大家便繼續搜索，他們彎着身子，東找找、西找找，小山洞、溪澗旁、樹根下、岩石邊……佩思發覺不大妥當，便問：「你們不是要找希望嗎？有希望的

人不會往下看的，相反他們會向上望，因為上面才是希望之源。」大家覺得佩思說得很有道理，於是都往上看，努力找。

　　不久，靈風發現遠處的一棵樹梢上隱約有一點很微弱的光，於是他起勁地揮動雙手，叫大家注意他指着的方向。

　　仙子們快跑到那棵樹下，從頂到底查看一遍，尋找光點，發現樹幹上刻了一些文字，愛美跟着唸：「往上看，給我希望，有光就有希望。」大家都凝神向上看，但怎樣才算「給希望」呢？佩思繞着樹幹再仔細找，

不經意地把手搭在樹幹上，那微弱的光竟漸漸光亮起來。

　　大家意識到原來要同心給力向上看，就是給予希望的方法，於是手牽手放在樹幹上，然後向上看。樹上的光便由一點變成百點、千點。露露靈機一觸，哭着叫來附近更多的仙子幫忙，最後千點光變成萬點、無數點，整棵樹都發起光來，把灰沉沉的天際照亮了。成功了！找到希望之光了，點亮了！

　　雖然大家的身體情況沒有好轉，但仍懷着希望馬上趕回去，要把好消息告知大王。

第十五章　重建信任之橋

　　大王那邊，羅賓烏和熒火烏幾經辛苦分別把橋的兩邊修好。石漢和尚草同往視察崔仙們的進展，石漢查問道：「你們這裏情況如何？」崔仙齊答：「回大王，我們已完成我們的部分。」石漢看着他們說：「什麼？你們的部分？那麼中間這部分呢？」羅莉和熒駿互相指着對方說：「是他們的！」

　　石漢非常不滿他們這個答案，嚴肅地向他們訓示：「到這時刻，你們還不明白嗎？這裏不應再有你、我、他之分，所有東西都是我們大家的，只有不分彼此，我們齊心才能成事。」他繼續說：「你們要成為最好的，就要做

好榜樣。尤其是當領袖的，就更要有量度，有承擔力，感染別人跟從你。」

尚草對石漢這番肺腑之言十分認同，並補充說：「請不要再分你、我，既然是信任之橋，那就必須互相建立、互相信任，不要再各執己見，否則，我們都難逃厄運，一起消失。」

「說得對！」石漢緊握羅莉和燊駿的翅膀說：「來！放下成見，你們兩者都是最優秀的，我相信你們！」

聽完大王和尚草的說話，羅莉和燊駿皆願意多行一步，共同築起這信任

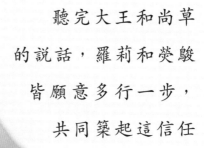

之橋。就是這樣，羅莉和熒駿帶領着雀仙們，放下嫌隙，終於把橋完成了。

　　石仙和草仙們看見他們的成果，非常感動。雀仙們也感到驚訝，原來大家合作起來，既有效率又喜樂。在過程中，除了互相認識對方友善的一面，還開始互相欣

賞和學習。石漢看到能幫他們冰釋前嫌，
感到無比恩喜，自己的力量也漸恢復。

在大家的讚美聲中，羅莉和樊駿都認
為是對方的功勞，不約而同地說：「都是
全靠大家的幫忙！」

第十六章　解開愛的謎團

　　不遠處，也傳來了一陣熱鬧的聲音。原來花仙們好不容易也趕到，一起見證信任之橋重建的時刻。愛美走到石漢跟前，滙報了他們成功尋找到希望之光。眾仙都發出一陣歡呼，並寄望石仙和草仙們也有好消息。

　　可是，石漢搖了搖頭說：「我們試了很多可能性，絞盡腦汁，但也找不到書中所指的是『什麼的愛』。」「唉！」原本情緒高漲的仙子們，立時失望地齊聲慨歎！

　　露露哭着說：「即使我們重建了信任之橋和尋獲了希望之光，我們都是註定失敗。書中說『萬事有定時』，難道這就是我滅亡的時刻嗎？嗚嗚……」

大家都意志消沉，歎息流淚，很是悲涼。這時，佩思公主走近石漢說：「大王你好！抱歉打擾，我可能來得不太合時，我是從人類世界來的，希望來你們這裏見識見識。」

　　石漢好奇地把公主打量一番說：「這裏不是你該來的地方，請你快點離開！」

　　佩思公主解釋說：「我一直嚮往自由，希望能做自己喜歡的事，現在遇着你們正在面臨難題，我覺得很有趣又刺激。請容我留下體驗一下嗎？」

　　花后愛美說：「什麼有趣又刺激？我們正面臨着大災難啊！」佩思公主知道自

己失言了，馬上連聲道歉。

尚草勸喻大家不要再爭論下去，省點要爭取時間，趕快解開那愛的謎團。

眾仙覺得尚草不無道理，於是紛紛加入解謎行列。但大家毫無頭緒，苦無線索，只能盲目亂撞。露珠仙子們更是徬徨着急，愛美情急之下更亂跑亂試，一片混亂。忽然間，傳來愛美一聲大叫：「救命！」原來她忙亂中，跟另一位花仙撞個正着，摔了一跤。大家聞聲趕至，看看是否要幫助。誰知，奇妙的事情發生了！

愛美和那花仙竟然變得七彩繽紛，她們身上的花瓣顏色比之前更豔麗。不單如此，她們凋謝了的花蕾也突然盛放，開得燦爛嬌美。大家都好奇究竟發生了什麼事，讓她們瞬間復原。露露急不及待地問：「你

們剛才做了些什麼？」愛美聳聳肩說：「沒做什麼，我們只是撞到後跌倒了……」

佩思靈光一閃，說：「對！她們意外地擁抱了！啊！那謎底應該是——擁抱之愛！」「擁抱之愛？」大家頓時眼前一亮，但回想他們從來都不擅擁抱。正確來說，他們都不會擁抱，所以一直也沒有想過這個方法。

　　於是，大家開始學習擁抱，小巧的石磷一馬當先，使勁地用盡最後的一分力，一個躍身，跳上石漢大王身上，給他來一個擁抱。果然，他倆立即回復了體力，連身上的石塊也堅硬如昔。

　　接着，草仙們趕快嘗試，雖然手腳僵硬也無阻他們熱情地擦肩擁抱。最後，每一個都可以興奮地彈跳起來。

　　過去，他們可從來沒有為自己的靈活自如而感恩，但經此一役，他們感到身體

強健、身手靈活，絕不是理所當
然的。這是多美好的體會啊！

其他仙子也相繼一
雙雙地擁抱起來，露珠
仙子終於止哭、止汗了，
風仙們也重獲聲音，吹起口哨
來。就連羅賓鳥和熒火鳥也興
奮得扭作一團，成為好友。

最後，只剩下帥
風和露露還未復原。
帥風知道自己因口舌
招搖，闖出大禍。他
也知道要大家原諒他殊

不容易，但還是希望自己能再發聲。因此，他硬着頭皮，鼓起勇氣，手舞足蹈，努力地向露露表達他願意改過。帥風盼望露露可跟他擁抱一下，和好如初，好讓大家都可以解困。

露露雖然不大喜歡帥風平日的作為，看到他在失聲後，表現大有改善，亦感覺到他的誠意，經幾番猶豫下，還是想給自己和他一個機會。難得自大狂傲的

帥風終於變得謙虛多了，大家都鼓勵露露寬恕他。此時，靈風提議大家上前，擁抱在一起。

　　結果，帥風終於回復了聲線。大家聽見他的第一句話是：「多謝大家！多謝你們對我的包容和接納。」而露露也回復了她的燦爛笑容，不用再以淚和汗洗臉了。整個魔法森林也變得青蔥光亮，滿布生氣勃勃的色彩。

第十七章　魔法森林回復和諧

　　好不容易大家終於把森林復原，仙子們逃過一劫，正當大家興高采烈地互相恭賀和問安之際，「嘿嘿嘿！」帥風跳上信任之橋高聲說：「我有話說，請聽我的。」

　　「什麼？」仙子們連忙搖頭：「請不要再出主意了！」帥風沒有理會他們的反對，繼續說下去：「我知道所謂的三個祝福，並不是要找什麼東西，而是要我們作出行動去實現那三個祝福：去建立、去仰望及去擁抱！」

佩思不禁讚歎帥風的智慧：「帥風，你果然聰明絕頂！」

帥風得意洋洋地說：「這當然啦！我早就告訴你，我是最聰明、最有智慧的！」

仙子們聽到帥風又再自吹自擂，都紛紛表示失望。帥風立即補充說：「其實我之所以有智慧，全因為我從大家身上學會了這次的教訓，教我不再口出狂言。」

花后愛美擺出美麗的姿態說：「這才對啊！記得『舌頭在百體也是最小的，卻能說大話。看哪，最小的火能點着最大的樹林。』」尚草接着說：「是啊！『舌頭就是火，在我們百體中舌頭是個罪惡的世界，能污穢全身[①]。』」

注①：《聖經》雅各書第3章6節

露露溫柔地加一句：「所以，凡事要三思而行啊！」帥風點頭認同大家的忠告。大家都鼓掌讚好。「佩思！佩思！你在哪兒？」突然，遠處傳來一把厚實洪亮的男聲，所有仙子都嚇得躲避起來。

第十八章　重逢

　　原來，國王帶着侍衞們四出尋找佩思，因為隱約聽到森林裏有些奇怪聲音，便來查探一下。父女終於在這兒重逢，國王喜出望外。他問：「佩思，你為何獨個兒走到這裏？我很擔心你啊！」佩思回答說：「父王，我們正在拯救森林。」「我們？」

國王看看四周，了無人煙，把手放在公主的額上說：「怎麼？你病了嗎？」

佩思公主重申：「我們，是我和仙子們啊！」公主為了證明她在說實話，便到仙子們躲避處請他們出來，侍衛們看見這麼多仙子逐一顯現眼前，立即作出保

147

護國王的陣勢，防範他們任何冒犯的舉動。

　　這時，露露看見國王，便走前來跟他說：「國王陛下，你好！你可記得我嗎？」國王一眼便認出了露露，並示意侍衞們立即退下，高興地說：「你不就是那位善良的露珠仙子嗎？」「正是我啊！陛下果然好記性。」露露說。國王回憶當年露露的出現：「當年佩思出生的那天，你特意送來三個祝福水晶球，我和王后都十分感激你。」

　　露露看着身旁的佩思：「噢！原來你就是那位可愛美麗的小公主！」公主大惑不

解，不知道到底是什麼一回事。她緊皺眉頭，嘗試理解這複雜的關係。

帥風向佩思公主解釋：「事情是這樣的，你的母后因一次機緣巧合認識了露露，她們成了好朋友，之後你父王和母后的婚事也是由露露一手撮合的。在你出生的那一天，露露靜悄悄地偷走出森林，還把最好的祝福送給你……」

露露指着帥風：「怎麼你會知道我的秘密？難道你在跟蹤我？」

帥風得意地說：「很簡單，因為根本沒有秘密可瞞倒我的。」

露露對自己被帥風跟蹤，一直卻懵然不知，很是氣結。

佩思就恍然大悟，想起自己十六歲生日那天，發脾氣時竟打破了露露的一番心意，她慚愧地對父王和露露說：「真對不起，我的脾氣太壞，把那三個寶貴的祝福都打碎了。」國王說：「你不單打碎了祝福，更打碎了你母后的心。母后和我都很疼你，母后發覺你不見了，現正臥病在牀，非常傷心和虛弱。她每天都等着你回王宮啊！」

　　「都是我太自我和任性了。」佩思公主

懊悔不已。

　　石漢勸解她說：「佩思公主，不要耽誤時間，快點把祝福帶回去吧！」

　　佩思公主垂着頭說：「祝福已被我摔碎了……」石漢安慰道：「那三個祝福，你不是已經學會了嗎？」帥風握着佩思和國王的手說：「建立信任之橋、仰望希望之光和……」

　　佩思明白了，她擁抱着父王說：「對！還有擁抱愛！」這個擁抱抵銷了之前一切的不愉快，國王高興得難以言喻。國王說：「那我們回家吧！」

　　仙子們告別了這對父女後，大家都盛讚帥風的改變，令人刮目相看。靈風更笑說：「好兄弟！真高興能聽到你嘴裏發出好信息，我為你感到驕傲！」大家都為他倆兄弟歡呼！

第十九章 愛的見證

　　在宮中朝夕期盼着愛女回來的王后，得悉國王找到了公主，病也不藥而癒。

　　當佩思踏進王后的寢室，看見母后因想念她變得憔悴和消瘦，忍不住跑進母后的懷裏，緊緊抱着她說：「母后，是我太自私，只顧自己沒有理會你們的感受。令你們傷心，對不起。」

　　王后輕聲說：「傻孩子，父王和我最疼你，我們愛你遠

勝任何事情、任何東西。只要你無恙，我們就安心了。」佩思扶着母后慢慢起來，王后説：「其實，我應該早點把我的故事説給你聽，好讓你更明白。」

公主好奇地問：「什麼？你的故事？」王后答道：「對！是我的故事，我和你父王的故事。我和你父王是在一個舞會中邂逅的，為了紀念我們的愛情，舞會對我們特別有意義。」

佩思笑咪咪地看着父王説：「原來如此，怪不得你們這麼愛開舞會！」

接着，王后情深款款地向國王說：「陛下，請你把我們的信物拿出來給佩思看看吧！」

國王示意隨從，不一會兒，侍衛長小心翼翼地奉上一個貴重的盒子。

國王慢慢地打開盒蓋，佩思公主伸長了脖子，定睛看着，原來裏面收藏着一雙閃亮通透的玻璃鞋。

　　國王眼睛充滿愛意地對王后説：「我親愛的仙蒂！」

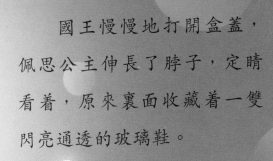

The Best of the Best（好得無比）主題曲

Melody & Lyrics by Principal Sylvia Chan
Performed by Ma On Shan Ling Liang Primary School students
曲、詞／陳美娟校長

*Everybody's looking for
Everybody's searching for
Everybody's longing for
The best of the best of all

#To be the best of the best
You have to share what you have
Let's share the love to all
That's what the best are for (×2)

Let's show our best to all
Let's serve the rest of all
Together we can be the best of all
The best of all (×3)

Repeat *, #

Only a Wasteland　羅賓鳥的哀歌

Melody by Ms Rebecca Lam
Lyrics by Principal Sylyia Chan & Ms Rebecca Lam
Performed by Ma On Shan Ling Liang Primary School students
曲／林嘉恩主任
詞／陳美娟校長 & 林嘉恩主任

The land we once loved was full of gladness
It's gone, now it's gone
Now look at this wasteland
It's full of sadness
My God, please tell us why

Is it because of one's desire turns everything into disasters?
Here's the sacrifice to satisfy her desire

We feel so much sorrow
We won't have tomorrow
May God, lead us the way
Forgive what's been done
That's the way you love us
May God be mercy on us

*聲帶選自2013年9月15日音樂劇現場錄音。

The Blessings （呈獻祝福）主題曲

Melody & Lyrics by Principal Sylvia Chan
Performed by Ma On Shan Ling Liang Primary School students
曲、詞／陳美娟校長

Bridging the trust
Building it up
One by one and step by step
Making a bridge of trust
Together we work for the betterment of us
The bridge of trust
Is the strength in us

Blessings for our society
Blessings for our community
Blessings for our homeland and our family
The Blessings for you and me!

Light up the hope
Never give up
Looking up and helping out
Our hope is lighting up
Together we pray for the betterment of us
The light of hope
Keeps shining on us

Blessings for our society
Blessings for our community
Blessings for our homeland and our family
The Blessings for you and me!

The hug of love
Binding us up
Stretching out my open arms
Showing you my love
The action I take for the betterment of us
The hug of love
The blessing for us

Blessings for our society
Blessings for our community
Blessings for our homeland and our family
*The Blessings for you and me! (×3)

The Mystery 解開愛的謎團

Melody & Lyrics by Principal Sylvia Chan
Performed by Ma On Shan Ling Liang Primary School students
曲、詞/陳美娟校長

Mystery Mystery
How can we solve this mystery
Scratching our heads
Thinking it hard

But the code just cannot be cracked

What does the H stand for
Try all the words we know
Is it the Honey, the Hero, the Haven, or the Hickory
Is it the Head of love
The Heart or Hip of love
Sigh

No no no No

Mystery Mystery
How can we solve this mystery
Knocking our heads, pulling our hair, just what could it be?
Is it a Hunter, a Hammer, a Human, or a Hiccup of love?
(Hiccup x3)
No no no
No just give me a Handkerchief instead!

Mystery Mystery
How can we solve this mystery?
Scratching our heads
Thinking it hard
But the code just cannot be cracked

What can it be?
Give us some help
As we are Horribly Helplessly Heavily in a Hurry!